Mono

Pata

Tapir

Pez

Escorpión

Rana

Jaguar

Hombre

Iguana

Murciélago

Armadillo

Ediciones Ekaré

Búscame

Ana Palmero Cáceres

Búscame:
soy el armadillo
que va para el otro lado.

¿Y al armadillo coloreado?
¿No lo has encontrado?

Búscame: soy el pez volador.

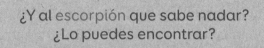

¿Y al escorpión que sabe nadar?
¿Lo puedes encontrar?

Búscame:
soy la pata que vuela.

¿Y la pata de un solo color?
A que no la ves
a la primera.

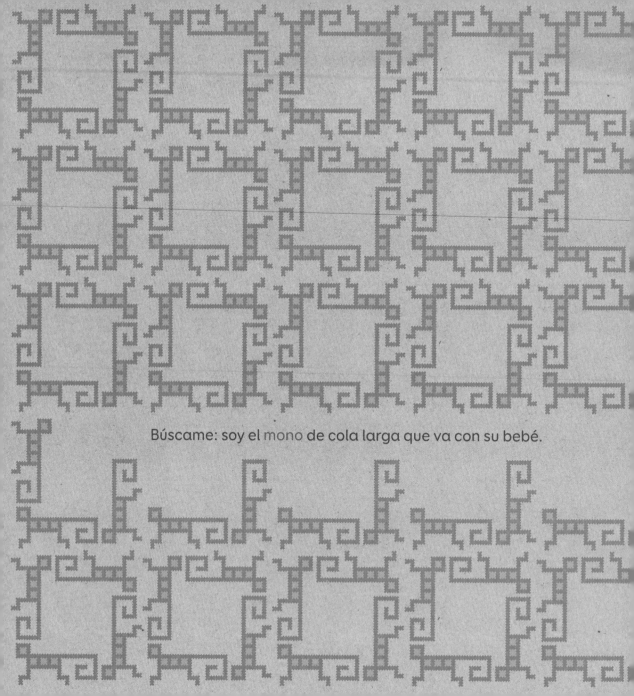

Búscame: soy el mono de cola larga que va con su bebé.

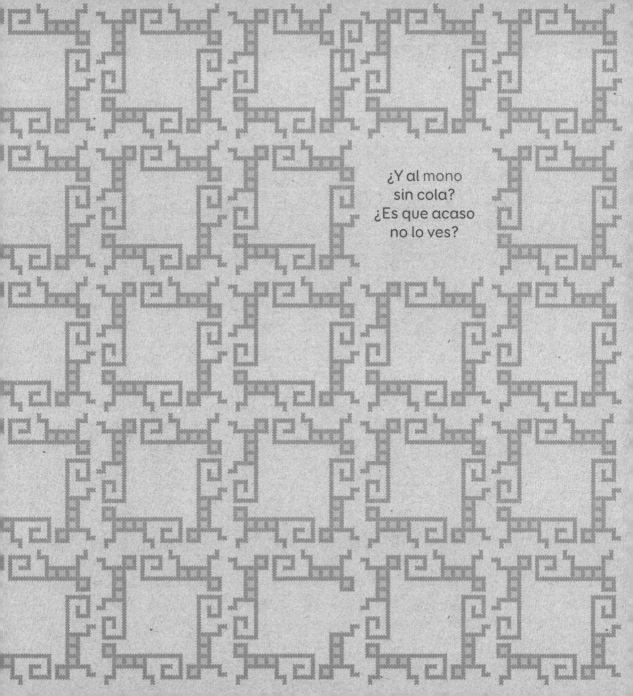

¿Y al mono
sin cola?
¿Es que acaso
no lo ves?

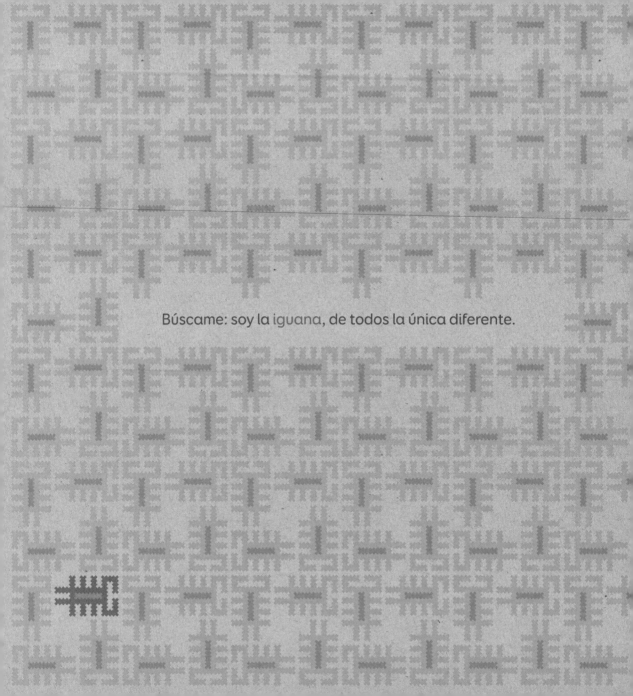

Búscame: soy la iguana, de todos la única diferente.

¿Y al apasionado escorpión?
Mira bien porque lo tienes enfrente.

Búscame: soy el murciélago dormido.

¿Y el murciélago sin orejas?
¿Sabes dónde está metido?

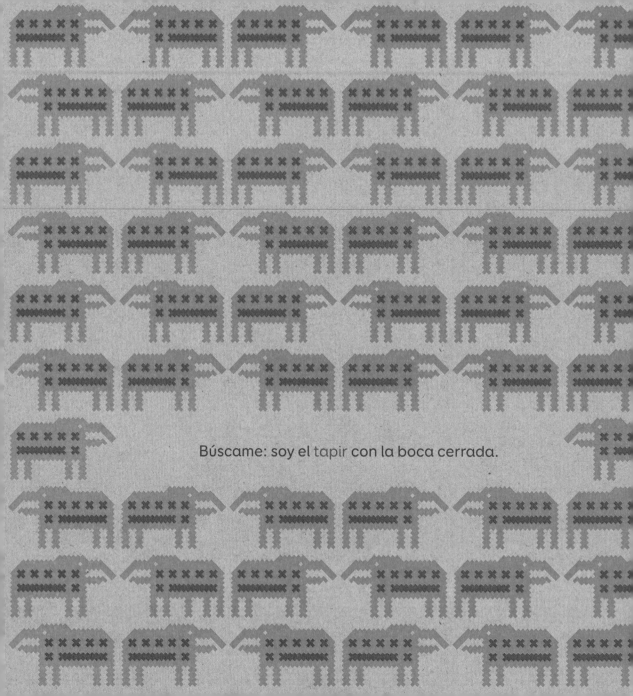

Búscame: soy el tapir con la boca cerrada.

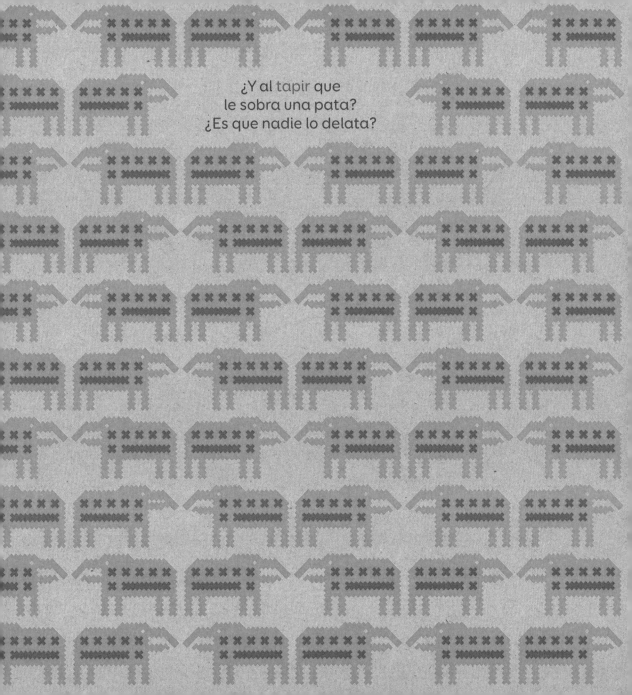

¿Y al tapir que
le sobra una pata?
¿Es que nadie lo delata?

Búscame: soy la iguana que se metió en el grupo.

¿Y a la rana que es verde?
¡Si no la encuentras te muerde!

Búscame: soy el jaguar al que le picó un mosquito.

¿Y al jaguar que ve el mundo al revés?
Busca bien a ver si lo ves.

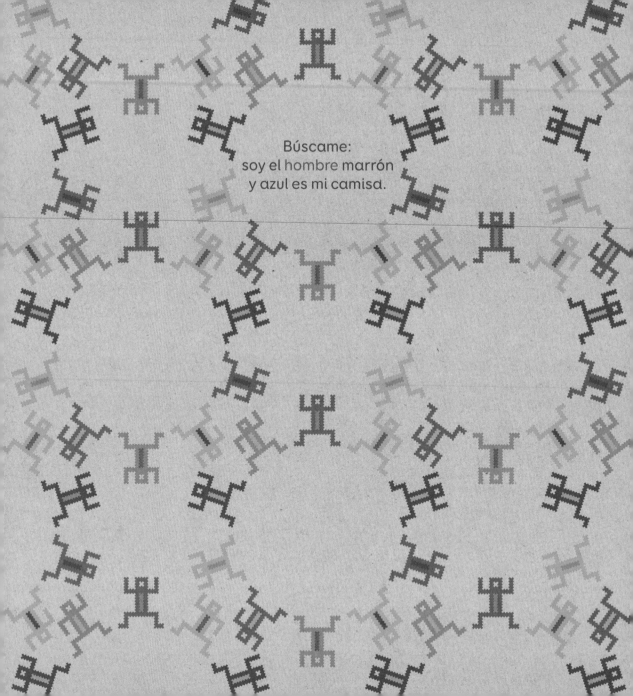

Búscame:
soy el hombre marrón
y azul es mi camisa.

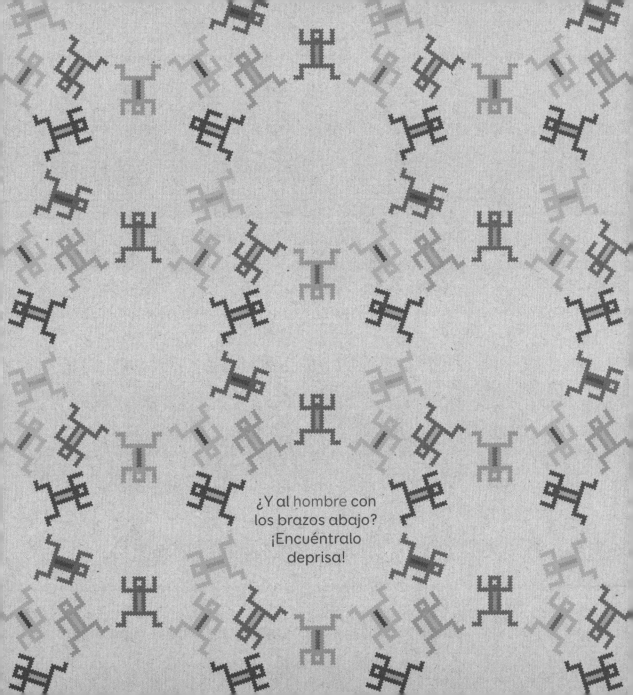

¿Y al hombre con
los brazos abajo?
¡Encuéntralo
deprisa!

Si te cansas de buscar...

El armadillo que va para el otro lado.
El armadillo coloreado.

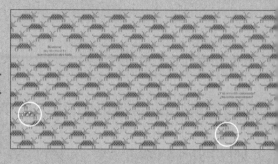

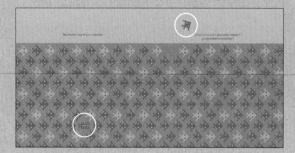

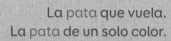

El pez volador.
El escorpión que sabe nadar.

La pata que vuela.
La pata de un solo color.

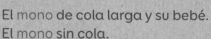

El mono de cola larga y su bebé.
El mono sin cola.

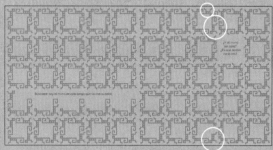

La iguana diferente.
El escorpión apasionado.

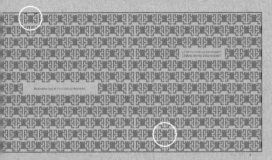

El murciélago **dormido**.
El murciélago **sin orejas**.

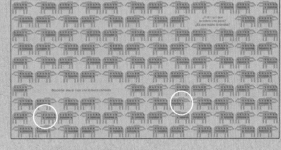

El tapir **con la boca cerrada**.
El tapir **al que le sobra una pata**.

La iguana **que se metió en el grupo**.
La rana **que es verde**.

El jaguar **al que le picó un mosquito**.
El jaguar **que ve el mundo al revés**.

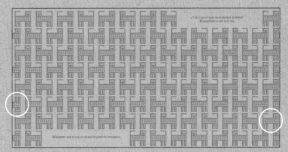

El hombre **marrón con camisa azul**.
El hombre **con los brazos abajo**.

Notas entrelazadas: Cuando vi por primera vez las cestas de los ye'kuana pensé en hacer algún juego con esos dibujos.

En este libro tomo como referencia algunos de los animales de los mitos ye'kuana para realizar composiciones a manera de textura, proponiendo en cada caso buscar el elemento diferente y contar una historia simple y divertida.

Los indígenas ye'kuana habitan al sur de Venezuela, en los bosques del río Orinoco. Los tejidos de sus cestas se caracterizan por patrones geométricos complejos. Las waja o guapas son cestas circulares planas que los ye'kuana utilizan en su vida cotidiana. Cada una cuenta una historia a través de personajes míticos como la culebra de agua, el mono, el jaguar o las ranas, enmarcados en diseños abstractos que representan elementos como el agua o la lluvia.

Yadaakadu, el mono sagrado, roba la yuca del cielo, escondiéndola debajo de una uña para llevarla a los hombres. Luego sube al cielo por una escalera de estrellas.

Las ranas amarillas con manchas negras, Wanádi, están en posición de brincar, mientras que el zigzag que las enmarca representa a un grupo de Ahísha, garzas blancas, que vuelan a su alrededor.

Ocho serpientes, Mawadi, se entrel en parejas, rodeadas por líneas paralelas que representan el agua.

a escritura de la lengua ye'kuana aún no ha sido estandarizada. Su grafía varía según

s recopiladores y lingüistas que la han trabajado.

sta es una de las formas como se escriben los animales que aparecen en este libro:

Armadillo	Kajau
Pez	Kudaka
Pato	Jaatu
Mono	Yadaakadu
Escorpión	Münötö
Iguana	Yamanadi
Murciélago	Dede
Tapir	Wasadi
Rana	Kütto
Jaguar	Mado
Hombre	Sotto

A los tejedores del sur del Orinoco

Edición a cargo de María Francisca Mayobre
Diseño: Ana Palmero Cáceres
Primera edición, 2017
© 2017 Ana Palmero Cáceres
© 2017 Ediciones Ekaré
Fotografías de las cestas: Carlos Germán Rojas
Hay diversas versiones sobre lo que cuentan las wajás, las de este libro están inspiradas en www.orinoco.org

AGRADECIMIENTOS:
Rafael Santana, Colección Orinoco, Fundación Cisneros,
Vicente Lecuna, Mariapia Bevilacqua y Tarek Mileton

Av. Luis Roche, Edif. Banco del Libro, Altamira Sur. Caracas 1060, Venezuela
C/ Sant Agustí, 6, bajos. 08012 Barcelona, España
www.ekare.com
ISBN 978-980-257-383-7 · Hecho el depósito de Ley · Depósito Legal MI2016000314
Impreso en China por RRD APSL